Ajan kulkua ei huomaa

Mietelauseita ajasta ja aikalaisista

Raili Parkkinen

Ajan kulkua ei huomaa

Mietelauseita ajasta ja aikalaisista

Raili Parkkinen

© 2022, Raili Parkkinen
Kustantaja: BoD – Books on Demand, Helsinki, Suomi
Valmistaja: BoD – Books on Demand, Norderstedt, Saksa
ISBN: 978-952-80-6898-3

IHMISEN MIELI JA KEHO

Itsemurhamietteet väistyvät, kun menee metsään ja katsoo koivua, jonka lehdet putoavat joka syksy.

Murtautuminen ihmismielen syövereihin vaatii tehokkaammat välineet, kuin kassakaappiin murtautuminen.

Miksi kärpäset menevät ikkunan väliin kuolemaan, kuin norsut salaiseen hautapaikkaansa, ihminen nostetaan alttarille viimeiseen näytökseen.

Röyhkeä ja sitkeä rotta on selviytymisen mestari. Se ei kunnioita ketään, eikä pelkää mitään. Onko ihmisen otettava mallia siitä, vai kaihdettava matkimista.

Kivellä maatessani kuvittelen olevani norppa, joka on suojeltu laji.

Ilo ja innokkuus eivät ole keneltäkään pois, heikkona hetkenä ne voivat jopa tarttua.

Elämää ei voi säilyttää pakastimessa ilmatiivissäkään pakkauksessa, maku kärsii. Elämä on nautittava tuoreena.

Ihmisen suojakuori näyttää paksulta, se helähtää rikki, kun osuu ohueen kohtaan.

Ihmisen suojamuuri on kuin sulava jää, tarpeeksi lämpöä niin se sulaa.

Kiven sisällä on maapallon hyvyys ja pahuus

Häpeä on huono polttoaine luovassa työssä.

Kuorsaavaa tai piereskelevää petikaveria ei kannata komentaa muuttumaan. Tavat ovat hänen tapansa ilmoittaa olevansa hengissä.

Ihmisen keho ei ole perhosen kehoa vahvempi, kun vain sattuu sopiva isku.

Pimeän polun päässä on aina valoaukio.

Maailma murenee jos ei ole kiintoaineita elämään.

Kuva näyttää vain pienen palan totuutta.

Kuuta voi tavoitella, vaikka ei ylety edes kaapin alahyllylle.

Kaatuminen ei vaadi kuin kivenmurusen jos joku haluaa sen eteesi heittää.

Unelmat ovat osa elämää.

Hyppää kyytiin, kun joku sitä pyytää, se voi olla elämäsi tilaisuus.

Musiikin mukana on mentävä maailmalle vaikka nuotin vierestä.

Unelmat saavat elämän näyttämään elämisen arvoiselta.

Unelmia ei kannata salata, joku voi haluta toteuttaa ne.

Ääneen puhuttu toive on vain toteutumistaan vailla.

Unelmien toteuttajana olet oman elämäsi paras työntekijä.

Kun löytää jotain tärkeää, mitä ei ole tiennyt edes tarvitsevansa, on kuin sieluun paistaisi aurinko.

Tasainen elämä ilman yllätyksiä on tylsää ja pitkä, pitkää elämää me kaipaamme.

Kun penkoo tarpeeksi syvälle löytää etsimänsä, kaapeista tai ajatuksista.

Kun on yksin pimeässä, olo on kuin varpusella jouluaamuna.

Avoin tie antaa mahdollisuuden lähteä.

Suomalainen mielenlaatu sopii 50 km hiihdon, väliaikalähdöllä, seuraamiseen tai tangokonsertin tanssimatta.

Kunnon elämä ei merkitse samaa kaikille.

Elämää ja kuolemaa on turha jännittää, ne toteutuvat joka tapauksessa.

Ohikulkija ja vieressä katsoja voi joskus itse tarvita apua.

Palapelin kokoaminen on kuin elämä, ensin kootaan reunat, värit ja kuva muodostuu elämän edetessä.

SANAT

Toinen julistaa mielipiteensä turuilla ja toreilla, toinen kyräilee ja sanoo sanansa kainaloonsa. Se on sanottu, vaikka sitä ei kukaan kuule.

Viisaus ei aina ole sanoissa, vaan mitä se tuo mieleen.

Valta on sanalla, jos sitä osaa käyttää paremmin kuin joku toinen.

Sanattomuus syöksee tuhoon.

Suosi sanaa, siinä on tulevaisuus.

Sana on alku, se on loppu ja elämä siinä välissä.

Sanasta sinä olet tullut, sanasta sinut tunnetaan ja sanassa sinut hautaan peitetään.

Sanaton on heikoin lenkki yhteiskunnassa.

Eläimillä ei ole sanoja, nekin pärjäävät.

Kirjoittaminen on sitä, kun ensin lukee pään täyteen sanoja ja purskauttaa ulos paperille eri järjestyksessä

Ajatus on kivenmurikka, jota ei voi päästää ulos kokonaisena.

Sanat voivat puhua kovemmin kuin aseet.

AIKA

Ajattomuutta ei ole.

Kello, tunnit, minuutit ja sekuntiaikataulu, ne voivat olla tuhoisia jos ne hallitsevat meitä, emmekä me niitä

Ajan kulkua ei huomaa, kuin kasvoista.

Aika on sama maalla niin kuin kaupungissakin, mutta se virtaa hitaammin.

Aika on kenties rahaa, mutta rahalla ei saa aikaa, on vain mentävä eteenpäin.

Mennyttä aikaa ei saa takaisin, eikä tulevaa aikaa voi käyttää etukäteen. On elettävä juuri nyt.

En kadehdi nuoruutta, minulla on ollut se jo.

Vanheneminen antaa lisää ikkunoita menneisyyteen, nähdäksemme tulevaisuuteen

Ajan hampaissa ei ole aina purenta kohdallaan.

Naamioitumalla lapseksi ei voi hämätä vuosien kulkua.

Elämä on karu satu, jolle toivoo onnellista loppua tai kivutonta.

Äkkikuolemaa ei ole, on vain nopeutettu lähtö.

Askel taaksepäin ei aina merkitse luovuttamista.

Kiitävät hetket ovat helmiä, joita on vaikea noukkia talteen.

Näköala voi olla myös alhaalta ylöspäin.

TOIVEET

Toiveiden ollessa vaatimattomia, elämä voi joskus yllättää.

Toiveet ja unelmat ovat harhaa, niin suloisia.

Älä odota mitään niin et pety.

Pessimistille toteutunut toive voi olla järkytys.

Toive ja odotuksen saaminen maaliin ovat turhia, ilman niitä elämä on synkkää.

Peiliin katsojalla on toive: Peili näyttäisi sen mitä katsoja haluaa.

Totuuden hetki, valon välähdys, joka antaa toivoa tai sammuttaa tulevaisuuden.

Perässähiihtäjällä on helpompaa, jos edessä hiihtäjä kaatuu, on tehtävä oma ratkaisu.

Hiiren jalat kantavat hangella paremmin kuin hirven. Joskus heikompi etenee helpommin.

Viulu seinällä ei tarkoita, että osaa soittaa.

TERVEYDEN IHANNOINTI

Uskonto ja terveystuotteet tarjoavat ikuista elämää, molemmat ovat väärässä.

Elämä on ainutlaatuinen kertakäyttötuote, älä missaa sitä.

Ruuuanlaitto on nykyään enemmän velvollisuus, kuin hengenpitimiksi suoritettava teko.

Laihdutuskuurit ovat itsensä pettämistä ja laihdutustuotteiden myyjien rikastuttamista.

Pienempi vaatekoko ei ole onnen tae.

Ei liian lihava, ei liian laiha, niin pysyy huomaamattomana muiden joukossa.

Terveystarkastukset ovat ihmislottoa, arvotaan seuraava sairas.

Syöpä leviää kuin sammal kiven pinnassa. Ihminen ei ole kivi.

Niin vatsa vastaa, kuin sinne huudetaan.

Nälkä saa tekemään uskomattomia asioita.

Ruoka on liikajalostettua kuin rotukoirat, sairautta kumpikin.

Vatsa on ruuan sulatusuuni, mitä enemmän laitat suuhusi, sitä isompi uuni.

Tehokas ihminen täyttää ristikkoa vain avainsanojen verran saadakseen palkinnon.

Ikääntyessä käy kuten maisemalle, kaukaa katsottuna näyttää kauniimmalta.

Virtaava vesi tuo ja vie ohi jotain tärkeää jos ei ole tarkkana.

Onnistuminen antaa oivalluksia jatkoa varten.

Onnettomuuden lyhyt hetki tuo pitkän jälkitaudin.

hminen on rapistuva rakennus.

Ihmisen siemenestä kasvaa tuulien mukana kulkeva yksilö tai maahan juurtuva kansalainen, valintojen ja olosuhteiden kautta.

Täyden lautasen äärellä ei aina muista miltä näyttää lautasen pohja.

Ylensyönti on alinomaa ja yleisesti sairauksien alkulähde.

NYKYISYYS

Ihmisten keksimät laitteet eivät helpota elämää, vaan tekevät muiden ohjailtavaksi ja muuttavat käyttäjän robotiksi.

Ilman sotia rakentajilla olisi vähemmän töitä.

Ripaska ja rokki ovat sodan ja rauhan häilyvät suosikkitanssit.

Auringonlaskua ei voi siirtää. Se on jokapäiväinen näytös.

Hinta – laatusuhteella arvioidaan jo työntekijöitä, kuka arvioi työnantajat.

Liiallinen paatos asiassa kuin asiassa ei ole hyväksi yhteiskunnalle.

Kurjuutta ei kukaan halua, joillekin se on pakko ja perintö.

Suuri ihmisjoukko on vaarallinen monipäinen eläin.

Rumpua lyövä saa aina huomion asialleen, hän on innostaja, eteenpäin menijä, joka vetää muut mukaansa.

Tuotteliaisuus ei ole aina sama kuin tarpeellisuus.

Liika uutteruus tuo hyvää ja pahaa, tasapaino niiden välillä on tärkeää.

Siellä missä toimii hyväntekijä, takana kurkkii pahantekijä.

Kurjakin työ vaatii vain aloittamisen.

Ajatusta vaatimaton työ käsillä on mietintämyssy vaativille töille.

TULEVAISUUS

Poluton metsä on kuin syömätön hedelmä tai korkkaamaton pullo.

Putoaminen korkealta pallilta ei haittaa. Jos pelastut, olet sankari, jos et, muutut muistoissa legendaksi.

Suomalaiset ovat kivisillä pelloilla ja poluilla kuin kotonaan.

Tulevaisuudesta voisi haluta muutakin kuin hautapaikan valitsemista.

Rohkeutta voi olla montaa lajia, rohkeus elää vie pisimmälle.

Tanssien tulevaisuuteen.

Tulevaisuus voi olla kuin lokin liito vastatuuleen.

Hyppy helvettiin voi olla tosi lyhyt.

Alamäki on aina nopeampi kuin ylämäki, vaikka apuna olisi moottoroitu menopeli.

Vapaus saa ihmisen menemään vaikka vankilaan saadakseen vapauden tehdä mitä haluaa.

IHMINEN TOISELLE

Katselen naista tai lemmessään ketä tahansa, määrittelen ihmisen olevan tunteva olento.

Kilttiä ihmistä on helppo käskyttää, mutta vaikeaa saada hänestä ystävää tämän jälkeen.

Ymmärrys toista kohtaan on vaikea laji, kukaan ei ole siinä mestariluokkaa.

Pelko rakkauden menettämisestä ajaa ihmistä tekemään pahoja asioita.

Kuunteleminen on paras ohje parisuhteen säilyttämiseen.

Kumppanin löytäminen on ulkoistettu television paritusohjelmille, kenties elämänkin voisi ulkoistaa muiden elettäväksi. Ymmärrys kaikkeen häviää jos kääntää selkänsä tulevaisuudelle, eikä muistele mennyttä.

Onnekas on hän, jolla on läheinen tai kotiavain.

Palaute voi olla kirveenterä taitamattoman käsissä.

Tukkoisen elämän avaaminen vaatii osaavan lähimmäisen.

Helpostakin elämästä voi tehdä vaikean.

Selkänsä kääntämällä ei voi väistää vastuuta.

Pysy kaukana ole lähellä, mahdoton yhtälö.

Henkinen yhteenkuuluvaisuus ylittää valtameren.

Jos polku ei miellytä, poikkea polulta tai kävele vieressä. Näet enemmän, luulet vähemmän.

LUONTO JA IHMINEN

Metsä on talouden tae ja tulevaisuuden turva.

Metsän kaataminen antaa tilaa taimille, taimista kasvaa uusi metsä tuleville sukupolville.

Taimissa on metsän tulevaisuus.

Männyntaimi taistelee pienenä heinänkorsia vastaan, isona myrskyä ja ihmistä.

Metsä ei ole pelottava vaan suojapaikka luontokappaleille.

Metsä on Suomen keuhkot ja kohtu, jossa synnymme aina uudestaan.

Pakkasen puraisu poskeen on luonnon kirpeä hyväily.

Luminen metsä on satumaa, virheet peittyvät.

Hiihto umpihangessa voi tuntua raskaalta, mutta pito suksien pohjissa on mainio.

Kaunis maisema saa ihmisen hetken ajaksi tuntemaan itsensä osaksi luontoa.

Ihmisen keski-iässä tammi alkaa vasta tehdä terhoja, lisääntyä.

Jäljet lumessa paljastavat, emme ole yksin tässä maailmassa.

LEMMIKIT

Nukkuva kissa on sekunnin päässä toiminnasta.

Kissan selviämisen salaisuus ei ole pelkästään yhdeksän hengen omistaminen vaan valpas sielu.

Lemmikki on yksinäiselle ihmiselle sielunkumppani ja parisuhteen varaventtiili.

Tähtitiede on tavalliselle ihmiselle läpipääsemätön tieto niin kuin eläimelle puhuminen.